Eric Frechon

Suppen

Fotos von Valéry Guedes
Foodstyling von Bérengère Abraham
und Lucie Dauchy

Bassermann

Danksagung

Ich danke Suyapa Granda Bonilla für ihr Vertrauen und ihre Zielstrebigkeit,
ich danke den Mitarbeitern des Solar-Verlags,
ich danke Valéry Guedes und Bérengère Abraham für ihre wunderschönen Fotografien und
Clarisse Ferreres für ihre wertvolle Mitarbeit an diesem Kochbuch.

Bérengère Abraham dankt Christiane Perrochon, Atelier Garrigues und Linum.

ISBN 978-3-8094-3351-4

1. Auflage

Umschlaggestaltung: Atelier Versen, Bad Aibling
Layout/Gestaltung: Guylaine Moi
Fotos: Valéry Guedes
Foodstyling: Bérengère Abraham, Lucie Dauchy
Übersetzung: Lisa Voges, Köln
Redaktion und Satz: trans texas publishing services GmbH, Köln
Projektleitung: Birte Schrader
Herstellung: Reinhard Soll

Druck und Bindung: Druckerei Theiss GmbH, St. Stefan im Lavanttal
Printed in Austria

FSC www.fsc.org
MIX
Papier aus verantwortungsvollen Quellen
FSC® C012536

VERLAGSGRUPPE RANDOM HOUSE® FSC N001067

LÖFFELWEISE EIN HOCHGENUSS

Gibt es etwas Besseres als eine gut zubereitete Suppe?

Dampfende Suppen im Winter oder erfrischende Kaltschalen im Sommer – in diesem Buch möchte ich Ihnen meine 30 besten Suppenrezepte vorstellen. Mal sind die Suppen leicht und kalorienarm, mal besonders raffiniert und originell, mal festlich, mal rustikal. Von nun an werden Sie Suppen mit etwas anderen Augen betrachten.

Genießen Sie und überraschen Sie Ihre Familie oder Gäste mit Kreationen, die ihre Geschmacksknospen zum Tanzen bringen.

SCHLUSS MIT LANGWEILIGEN SUPPEN.
JETZT KOMMT GENUSS AUF DEN TISCH!

MARONENSÜPPCHEN

mit Topinambur und Trüffel

FÜR 4 PERSONEN | **VORBEREITUNG 30 MIN** | **GARZEIT 20 MIN**

1 kg geschälte Maronen | 1 Hühnerbrühwürfel | 150 g Topinambur | 20 g Butter | 20 g Trüffelsplitter

Die Maronen auf einem Backblech verteilen und unter dem vorgeheizten Backofengrill einige Minuten goldbraun grillen.

Die Maronen mit dem Brühwürfel in einen Topf geben und knapp mit Wasser bedecken. Den Deckel aufsetzen und bei niedriger Hitze 15 Minuten köcheln lassen.

Die Maronen mit einem Schaumlöffel herausnehmen. Die Brühe durch ein feines Küchensieb passieren und warm halten.

Die Topinamburknollen schälen und klein würfeln. Die Butter in einem Topf zerlassen. Topinambur und einen Schuss Wasser zufügen und etwa 5 Minuten dünsten. Dann die Trüffelsplitter zufügen.

Topinamburwürfel und Trüffelsplitter auf vier Suppenteller verteilen und das Maronensüppchen darübergießen.

TIPP VOM PROFI

Sie können anstatt der Topinamburwürfel auch gehackte Maronen als Suppeneinlage verwenden.

BLUMENKOHLCREMESUPPE

mit Curry

FÜR 4 PERSONEN | **VORBEREITUNG 15 MIN** | **GARZEIT 30 MIN**

1 Blumenkohl | 300 g Sahne | 1 EL grobes Salz | 1 TL Currypulver | Salz | Pfeffer

Den Blumenkohl putzen und waschen. Dann in 8 Stücke schneiden.

Die Blumenkohlstücke in einen großen Topf geben. Sahne und 1 l Wasser zugießen und das Salz zufügen. Der Blumenkohl sollte vollständig mit Flüssigkeit bedeckt sein. Den Deckel auf setzen und bei niedriger Hitze etwa 30 Minuten garen.

Das Currypulver zufügen, anschließend die Mischung glatt pürieren.

Nach Belieben mit Salz und Pfeffer abschmecken, dann sofort servieren.

TIPP VOM PROFI

Diese Suppe können Sie im Sommer auch gut gekühlt servieren.

MUSCHELSUPPE

unter der Haube

FÜR 4 PERSONEN | **VORBEREITUNG 1 STD** | **GARZEIT 45 MIN**

3 l Miesmuscheln | 2 Stangen Porree | 2 Stangen Sellerie | ½ Zitrone | 40 g Butter | 500 ml Weißwein | 1 Zweig Thymian | 1,5 kg Sahne | 1 EL Currypulver | 1 Rolle fertiger Blätterteig (Kühlregal) | 1 Eigelb, verquirlt | Salz | Pfeffer

Den Backofen auf 160 °C vorheizen. Die Muscheln putzen und sorgfältig abspülen.

Porree und Sellerie putzen, waschen und sehr fein schneiden. Anschließend die Zitrone in Scheiben schneiden.

Die Butter in einem großen Topf zerlassen. Porree, Sellerie, Zitronenscheiben, Muscheln, Wein und Thymian zufügen und bei starker Hitze 5 Minuten unter häufigem Rühren garen, bis sich die Muscheln geöffnet haben.

Muscheln, die sich nicht geöffnet haben, aussortieren. Die restlichen aus der Schale lösen. Den Sud in einen zweiten Topf passieren. Sahne und Currypulver unterrühren und 7–8 Minuten köcheln lassen, bis die Mischung cremig eingedickt ist. Durch ein Sieb passieren und erkalten lassen.

Muscheln, Porree und Sellerie in eine Suppenschüssel geben. Den Sahnesud darübergießen. Mit Salz und Pfeffer abschmecken. Den Rand der Suppenschüssel mit Butter einfetten. Den Blätterteig darauflegen und gut andrücken.

Den Blätterteig mit Eigelb bestreichen. Im vorgeheizten Ofen 45 Minuten goldbraun backen. Sofort servieren.

TIPP VOM PROFI

Diese Suppe lässt sich prima im Voraus zubereiten und schmeckt auch ohne die Blätterteighaube. // Sie können die Suppe auch mit Safran verfeinern.

SCHINKEN-SANDWICH-
Suppe

FÜR 4 PERSONEN | **VORBEREITUNG 20 MIN** | **GARZEIT 5 MIN**

2 Scheiben Roggenbrot | 300 g gekochter Schinken | 50 g gesalzene Butter

Die Brotscheiben toasten. Den Schinken in Stücke schneiden.

Die Butter mit 500 ml Wasser in einen Topf geben und zum Kochen bringen. In einen Mixer geben. Die Schinkenstücke zufügen und alles glatt mixen.

Die Schinkenmischung in vier Trinkgläser oder Schüsseln füllen. Die Brotscheiben darüberraspeln. Lauwarm servieren.

TIPP VOM PROFI

Wie bei einem normalen Sandwich können Sie die Zutaten variieren.

SPARGELSUPPE
mit Zitronencreme

FÜR 4 PERSONEN | **VORBEREITUNG 30 MIN** | **GARZEIT 15 MIN**

1,5 kg grüner Spargel | 250 g Sahne | 1 EL grobes Salz | 20 g Butter | **ZITRONENCREME** | 100 g Butter | 1 Zitrone | 5 Eigelb

Den Spargel waschen. Die Spitzen (etwa 3 cm) abtrennen und beiseitelegen. Den restlichen Spargel klein schneiden.

Die Sahne mit 1 l Wasser und dem groben Salz in einen Topf geben und zum Kochen bringen. Die Spargelstücke zur Sahne geben und bei starker Hitze 8 Minuten kochen. Glatt pürieren und warm halten.

Einen Topf auf niedriger Stufe erhitzen. Butter und Spargelspitzen zufügen und leicht salzen. Knapp mit Wasser bedecken und bei starker Hitze 3–4 Minuten köcheln lassen, bis das Wasser verdunstet ist. Warm halten.

Für die Zitronencreme die Butter in einem kleinen Topf zerlassen und lauwarm abkühlen lassen. Den Zitronensaft auspressen.

Eine Schüssel auf ein Wasserbad setzen. Eigelb, Zitronensaft und 8 Esslöffel Wasser hineingeben und aufschlagen, bis die Masse eine schaumige Konsistenz hat. Die Schüssel vom Wasserbad nehmen und die Butter unter ständigem Rühren in einem dünnen Strahl dazugießen.

Die Spargelspitzen auf vier Suppenteller verteilen und je 3 Esslöffel Zitronencreme zufügen. Mit der Spargelsuppe aufgießen. Sofort servieren.

TIPP VOM PROFI

Die Spargelsuppe schmeckt auch ohne Zitronencreme.

KAROTTENSUPPE MIT ORANGE

und Zitronengras

FÜR 4 PERSONEN | **VORBEREITUNG 30 MIN** | **GARZEIT 40 MIN** | **ZIEHZEIT 20 MIN**

600 g junge Karotten | 1 Zwiebel | 1 Stange Sellerie | 3 Orangen | 8 Stängel Zitronengras | 40 g Ingwerwurzel | 50 g Butter | 250 g Sahne | 1 EL grobes Salz

Karotten und Zwiebel schälen und klein schneiden. Den Sellerie waschen und ebenfalls klein schneiden.

Die Orangen auspressen. Die Zitronengrasstängel mit einem Teigroller zerdrücken. Den Ingwer schälen und grob hacken.

Die Butter in einem Topf zerlassen. Die Zwiebel darin einige Minuten andünsten, aber nicht bräunen. Karotten und Sellerie zufügen. Orangensaft und Sahne zugießen und mit etwa 1,5 l Wasser auffüllen, sodass das Gemüse bedeckt ist. Das Salz unterrühren.

Das Gemüse 40 Minuten sehr weich garen, dann glatt pürieren.

Die Suppe zum Kochen bringen. Ingwer und Zitronengras zufügen. Den Topf vom Herd nehmen und die Suppe 20 Minuten ziehen lassen.

Die Suppe durch ein Sieb passieren und sofort servieren.

TIPP VOM PROFI

Sie können die Suppe mit Portulak-, Brunnenkresseblättern oder gedämpften Garnelen garnieren.

STAUB
STAUB

SELLERIESUPPE

mit Maronen

FÜR 4 PERSONEN | **VORBEREITUNG 30 MIN** | **GARZEIT 1 STD**

250 g Maronen | ½ Knollensellerie | ½ Apfel | ½ Zwiebel | 20 g Butter | 1 Hühnerbrühwürfel | 100 g Sahne

Den Backofen auf 180 °C vorheizen.

Die Maronen kreuzweise einschneiden und auf einem Backblech verteilen. Im vorgeheizten Ofen 30 Minuten garen. Die Maronen schälen und halbieren.

Den Sellerie schälen und klein schneiden.

Apfel und Zwiebel schälen und klein schneiden.

Die Butter in einem großen Topf zerlassen. Die Zwiebel darin bei starker Hitze einige Minuten andünsten, aber nicht bräunen. Selleriestücke, Maronen und Apfel zufügen. Mit Wasser bedecken. Brühwürfel und Sahne zufügen und alles 1 Stunde bei niedriger Hitze garen.

Die Suppe pürieren und durch ein feines Sieb passieren. Sofort servieren.

TIPP VOM PROFI

Besonders elegant wird diese Suppe, wenn Sie sie mit Croûtons und Trüffelsplittern garnieren.

KOKOS-GARNELEN-SUPPE

mit chinesischen Nudeln

FÜR 4 PERSONEN | **VORBEREITUNG 45 MIN | GARZEIT 15 MIN | ZIEHZEIT 5 MIN**

20 mittelgroße Garnelen | 20 g Ingwerwurzel | ½ Bund frischer Koriander | 3 Stängel Zitronengras | grobes Salz | 100 g chinesische Eiernudeln | Olivenöl | 500 ml Kokosmilch | Chilipulver | Salz

Die Garnelen schälen und in je 3 Stücke schneiden. Köpfe und Schalen beiseitelegen.

Den Ingwer schälen und hacken. Die Korianderblätter abzupfen. Die Stängel beiseitelegen. Die Zitronengrasstängel zerdrücken.

Wasser in einem Topf mit dem groben Salz zum Kochen bringen. Die Nudeln darin nach Packungsangabe gar kochen. Abgießen und abschrecken. In einer Schüssel mit etwas Olivenöl vermengen, damit sie nicht zusammenkleben.

Garnelenschalen und -köpfe mit einem Spritzer Olivenöl in einen Topf geben und bei niedriger Hitze etwa 2 Minuten anbraten. Mit Kokosmilch und 500 ml Wasser ablöschen und 5 Minuten köcheln lassen.

Den Topf vom Herd nehmen. Ingwer, Korianderstängel und Zitronengras zufügen. Bei aufgesetztem Deckel 5 Minuten ziehen lassen. Durch ein feines Sieb passieren und mit Salz abschmecken.

Etwas Olivenöl in einer Pfanne erhitzen und die Garnelen kurz anbraten. Mit etwas Salz und Chilipulver würzen. Nudeln und Korianderblätter untermischen. Auf vier Suppenschalen verteilen und mit der Suppe aufgießen.

TIPP VOM PROFI

Für eine elegantere Variante können Sie die Garnelen durch Hummer oder Langusten ersetzen.

WEISSE-BOHNEN-SUPPE

mit Pesto

FÜR 4 PERSONEN | **VORBEREITUNG 20 MIN** | **GARZEIT 30 MIN**

1,5 kg frische weiße Bohnen | 1 Karotte | 1 Zwiebel | 1 Hühnerbrühwürfel | 100 g Sahne | 1 Kräutersträußchen (bestehend aus 1 Zweig Thymian, 1 Lorbeerblatt, Petersilienstängel) | Salz | **PESTO** | 1 Knoblauchzehe | ½ Bund Basilikum | ¼ Bund Petersilie | 5 g Pinienkerne | 35 g Parmesan | 50 ml Olivenöl

Die Bohnen palen. Die Karotte schälen. Die Zwiebel schälen und halbieren.

Für das Pesto den Knoblauch schälen. Basilikum- und Petersilienblätter von den Stängeln zupfen. Knoblauch, Basilikum- und Petersilienblätter, Pinienkerne, 50 ml Wasser und Parmesan mixen. Nach und nach das Olivenöl einarbeiten.

Bohnen, Brühwürfel und Sahne in einen Topf geben. Dann Kräutersträußchen, Zwiebel und Karotte zufügen. Großzügig mit Wasser bedecken (3–4 cm über dem Gemüse). Den Deckel aufsetzen und 30 Minuten bei niedriger Hitze köcheln lassen. Erst 5 Minuten vor Ende der Garzeit salzen.

Die Hälfte der Bohnen, Karotte, Zwiebelhälften und Kräutersträußchen herausnehmen.

Die restlichen Bohnen mit der Garflüssigkeit glatt pürieren. Das Pesto nach Geschmack grob unterziehen. Abschmecken und sofort servieren.

TIPP VOM PROFI

Damit die Suppe nach dem Mixen keine zu feste, püreeartige Konsistenz erhält, muss die Hälfte der Bohnen herausgenommen werden. Würde man die Suppe von Beginn an mit der Hälfte der Bohnenmenge zubereiten, erhielte sie zu wenig Geschmack. Die übrig bleibenden Bohnen schmecken mit etwas Essig und Öl vorzüglich als Salat.

SALATSUPPE
mit Jakobsmuscheln

FÜR 4 PERSONEN | **VORBEREITUNG 40 MIN** | **GARZEIT 3 MIN**

2 kräftig grüne Salatköpfe | 8 mittelgroße Jakobsmuscheln, küchenfertig | Olivenöl | 50 g Sahne | Muskatnuss | 2 EL grobes Salz | Salz | Pfeffer

Die Salate putzen und waschen. Nur kräftig grüne Blätter für die Suppe verwenden.

Die Jakobsmuscheln waschen und abtropfen lassen. In maximal 1 cm große Würfel schneiden. In eine Schüssel geben und mit Salz, Pfeffer und Olivenöl sorgfältig vermengen. Pro Person 1 Tatarkugel aus der Masse formen.

Die Sahne in eine zweite Schüssel füllen. Mit etwas frisch geriebener Muskatnuss würzen und halb steif schlagen.

Das grobe Salz mit 2 l Wasser in einen Topf geben, zum Kochen bringen und die Salatblätter darin 3 Minuten blanchieren. Die Blätter in den Mixer geben und glatt pürieren. Das Kochwasser einarbeiten, bis eine cremige Suppe entstanden ist. Abschmecken.

Je einen Sahnespiegel in vier vorgewärmte Suppenteller geben und eine Tatarkugel daraufsetzen. Die Salatsuppe ringsum angießen.

TIPP VOM PROFI

Damit die Tatarkugeln besonders schön werden, können Sie die Masse in ein Stück Frischhaltefolie rollen. // Die Teller sollten unbedingt vorgewärmt sein, denn durch die Wärmestrahlung und durch die heiße Suppe werden die Tatarkugeln ganz leicht gegart.

LINSENSUPPE

mit Mettwurst

FÜR 4 PERSONEN | **VORBEREITUNG 20 MIN** | **GARZEIT 1 STD** | **EINWEICHZEIT 12 STD**

400 g grüne Puy-Linsen | ½ Bund Kerbel | 2 Karotten | 1 Zwiebel | 1 Gewürznelke | 200 g Räucherspeck | 1 Kräutersträußchen (bestehend aus 1 Zweig Thymian, 1 Lorbeerblatt, Petersilienstängel) | 1 TL Kreuzkümmel | 2 geräucherte Mettenden | 300 g Sahne | Salz | Pfeffer

Am Vorabend die Linsen in einer Schüssel mit kaltem Wasser einweichen.

Am nächsten Tag die Linsen abtropfen lassen. Die Kerbelblätter von den Stängeln zupfen und kühl stellen. Die Karotten schälen. Die Zwiebel schälen, halbieren und eine Hälfte mit der Gewürznelke spicken.

Die Linsen mit Karotten, Zwiebeln, Räucherspeck, Kräutersträußchen und Kreuzkümmel in einen großen Topf geben. Mit 3 l Wasser auffüllen und bei starker Hitze 45 Minuten kochen.

Würste und Sahne zufügen und weitere 15 Minuten bei niedriger Hitze garen.

Würste, Räucherspeck und zwei Drittel der Linsen herausnehmen. Karotten, Zwiebeln und Kräutersträußchen entfernen.

Die Brühe mit dem restlichen Drittel Linsen glatt pürieren. Abschmecken und warm halten.

Würste und Räucherspeck grob würfeln. Die übrigen Linsen mit Wurst und Räucherspeck in die Suppe mischen oder auf Suppenteller verteilen und die Suppe darübergießen. Mit Kerbelblättern garnieren und sofort servieren.

TIPP VOM PROFI

Den Kerbel können Sie durch Petersilie ersetzen.

STAUB

GEBRANNTE BROTSUPPE

mit Ravioli

FÜR 4 PERSONEN | **VORBEREITUNG 30 MIN** | **GARZEIT 15 MIN**

½ Bund Kerbel | 40 g Ingwerwurzel | ½ Baguette | 2 Rinderbrühwürfel | 100 g Champignons | 200 g rohe Stopfleber | 1 Eigelb | 1 Paket Nudelteig | Salz | Pfeffer

Die Kerbelblätter von den Stängeln zupfen. Den Ingwer schälen und hacken.

Das Baguette durchschneiden und in große Würfel schneiden. Unter dem vorgeheizten Backofengrill fast schwarz rösten.

Die Brühwürfel mit 1,5 l Wasser in einen Topf geben und zum Kochen bringen. Den Topf vom Herd nehmen. Ingwer und Brotwürfel zugeben und ziehen lassen, bis die Brühe erkaltet ist.

Durch ein feines Sieb passieren und ausdrücken.

Die Pilze klein schneiden und in die Brühe geben. Wieder erhitzen und warm halten. Die Stopfleber würfeln, dann salzen und pfeffern.

Das Eigelb mit 2 Esslöffeln Wasser in einer Schale sorgfältig verquirlen.

Den Nudelteig ausbreiten. Mit einem Ravioli-Stecher 24 Ravioli ausschneiden. 12 Raviolihälften mit den Stopfleberwürfeln belegen. Die restlichen Ravioli mit dem Eigelb bestreichen, um die Ravioli zu schließen. Gut andrücken. 6 Minuten in siedendem Salzwasser gar ziehen lassen.

Vier Suppenteller bereitstellen und in jeden je 3 Ravioli geben. Die Brühe darübergießen und mit Kerbelblättern garniert servieren.

TIPP VOM PROFI

Die Stopfleberravioli sind auch eine geeignete Einlage für die Topinambursuppe (siehe Seite 38).

PORREE-KARTOFFEL-SUPPE

mit Schellfisch

FÜR 4 PERSONEN | **VORBEREITUNG 20 MIN** | **GARZEIT 30 MIN**

2 große Stangen Porree | 1 große Kartoffel | 200 g geräuchertes Schellfischfilet | 20 g Butter | 250 g Sahne | 1 Prise grobes Salz

Den Porree putzen. Längs vierteln, waschen und fein hacken.

Die Kartoffel schälen, waschen und klein würfeln.

Den Schellfisch häuten und anschließend in große Stücke teilen.

Die Butter in einem Topf zerlassen. Den Porree darin 3 Minuten andünsten. Kartoffel und Salz zufügen und mit Wasser bedecken. Die Sahne zugießen. Den Deckel aufsetzen und 25 Minuten bei niedriger Hitze garen.

Den Schellfisch zufügen und weitere 10 Minuten garen, einige Stücke herausnehmen.

Die Suppe glatt pürieren. Dann abschmecken, mit den restlichen Fischstücken garnieren und sofort servieren.

TIPP VOM PROFI

Die Suppe sollte nur sehr sparsam gesalzen werden, da der Schellfisch schon recht salzig ist. // Sie können den Schellfisch durch geräucherten Kabeljau ersetzen und die Suppe warm oder kalt servieren.

KÜRBISSUPPE

mit Räucherspeck

FÜR 4 PERSONEN | **VORBEREITUNG 1 STD** | **GARZEIT 40 MIN**

1 großer Hokkaido-Kürbis (ca. 1 kg) | 1 kleine Stange Porree | 100 g Butter | 300 g Sahne | Salz | **GARNIERUNG** | 100 g Räucherspeckstreifen | 200 g Sahne | 100 g gekochte, gesalzene Maronen

Den Kürbis entkernen. Das Fruchtfleisch grob hacken.

Den Porree putzen und waschen. Längs vierteln und klein schneiden.

Die Butter in einem Topf zerlassen. Den Porree darin 3 Minuten bei niedriger Hitze andünsten. Den Kürbis zufügen. Mit Wasser bedecken und die Sahne zugießen. Den Deckel aufsetzen und bei niedriger Hitze etwa 30 Minuten garen.

Die Suppe glatt pürieren und abschmecken. Bei kleinster Hitze warm halten.

Für die Garnierung die Speckstreifen bei niedriger Hitze auslassen, aber nicht bräunen. Die Sahne zugießen und bei kleinster Hitze 7 Minuten garen.

Inzwischen die Maronen klein würfeln.

Räucherspeck-Sahne-Mischung und Maronenwürfel auf vier Suppenteller verteilen. Die Suppe angießen. Sofort servieren.

TIPP VOM PROFI

Besonders köstlich wirkt die Suppe, wenn Sie sie in einem ausgehöhlten Hokkaido-Kürbis servieren.

TOMATENSUPPE

mit Parmesan

FÜR 4 PERSONEN | **VORBEREITUNG 15 MIN** | **GARZEIT 30 MIN**

1 große Zwiebel | 3 Knoblauchzehen | 1,3 kg vollreife Tomaten | Olivenöl | 1 EL Tomatenmark | 1 EL grobes Salz | 100 g frisch geriebener Parmesan | Salz

Die Zwiebel abziehen und fein hacken. Die Knoblauchzehen abziehen und fein hacken.

Die Tomaten waschen, den Stielansatz herausschneiden und achteln.

Etwas Olivenöl in einem Topf erhitzen. Die Zwiebel darin 5 Minuten dünsten, aber nicht bräunen. Das Tomatenmark einrühren, dann Knoblauch und Tomaten zufügen. Mit 500 ml Wasser aufgießen. Das grobe Salz zufügen und bei niedriger Hitze und aufgesetztem Deckel 30 Minuten garen.

Die Suppe glatt pürieren und den Parmesan einrühren. Abschmecken. Die Suppe für eine ganz glatte Konsistenz durch ein feines Küchensieb passieren. Sofort servieren.

TIPP VOM PROFI

Diese Suppe kann mit Ricottaravioli (Fertigprodukt) als Einlage serviert werden.

GELBE TOMATENSUPPE

mit grünem Tomatentatar

FÜR 4 PERSONEN | **VORBEREITUNG 1 STD** | **GARZEIT 5 MIN**

TOMATENTATAR | 150 g grüne Tomaten | ½ Zitrone | 1 Zweig Thymian | 1 Spritzer Olivenöl | Salz | Pfeffer | **TOMATENSUPPE** | 400 g gelbe Tomaten | 1 Zweig Thymian | 1 Knoblauchzehe | ½ Zitrone | Salz | **GARNIERUNG** | 4 kleine Mozzarellakugeln | 1 Bund Basilikum | 100 g Parmesan

Für die Tomatensuppe die Tomaten grob hacken. Mit Thymian, Salz, Knoblauch und 4 Esslöffeln Wasser in einen Topf geben und bei starker Hitze zum Kochen bringen. Den Topf vom Herd nehmen. Knoblauch und Thymian entfernen. Die Tomaten glatt pürieren. Die Zitronenhälfte auspressen und den Saft in die Suppe rühren.

Die Suppe abschmecken und bei kleinster Hitze warm halten.

Für das Tomatentatar die grünen Tomaten klein würfeln und in eine Schüssel geben. Die Zitronenhälfte auspressen. Die Thymianblätter abzupfen und fein hacken. Die Tomaten mit Salz, Pfeffer, 1 Schuss Olivenöl, Zitronensaft und Thymian würzen und abschmecken. Bei Zimmertemperatur ziehen lassen.

Das Tatar 3 cm hoch in die Mitte von vier Suppentellern geben und je 1 Mozzarellakugel daraufsetzen. Mit einigen Basilikumblättern und Parmesanspänen garnieren.

Die Tomatensuppe dazugießen und sofort heiß servieren.

TIPP VOM PROFI

Zu dieser Suppe passt wunderbar eine geröstete, mit Olivenöl beträufelte Brotscheibe, auf der eine Knoblauchzehe eingerieben wird. Das Ganze mit geriebenem Parmesan bestreuen.

GURKENKALTSCHALE

mit Kokosmilch

FÜR 4 PERSONEN | **VORBEREITUNG 30 MIN** | **GARZEIT 10 MIN** | **KÜHLZEIT 2 STD**

3 mittelgroße Bio-Gurken | 50 ml Olivenöl | 250 ml Kokosmilch | 1 Msp Currypulver | Tafelsalz | grobes Salz

Wasser mit grobem Salz in einem großen Topf zum Kochen bringen.

Die Gurken schälen und würfeln. Die Schalen nicht wegwerfen.

Wenn das Wasser kocht, die Gurkenschalen 3 Minuten blanchieren, dann sofort in einer Schüssel Eiswasser abschrecken. Abtropfen lassen und beiseitelegen.

Das Olivenöl in einem Topf erhitzen. Die Gurkenwürfel zusammen mit Kokosmilch und Currypulver zufügen und 7 Minuten sehr sanft köcheln lassen.

Kokos-Gurken-Mischung und Gurkenschalen im Mixer glatt pürieren.

Mit Salz und Currypulver abschmecken. Die Suppe durch ein feines Küchensieb passieren und mindestens 2 Stunden im Kühlschrank ziehen lassen. Gut gekühlt servieren.

TIPP VOM PROFI

Als Suppeneinlage schmeckt hier Krebsfleisch aus der Dose.

TOPINAMBURSUPPE

FÜR 4 PERSONEN | **VORBEREITUNG 20 MIN** | **GARZEIT 45 MIN**

1 kg Topinambur | 20 g Butter | 1 Hühnerbrühwürfel | 250 g Sahne | Salz

Die Topinamburknollen schälen und grob hacken.

Die Butter in einem Topf zerlassen. Die Topinamburstücke darin kurz andünsten. Mit Wasser bedecken.

Brühwürfel und Sahne zufügen. Den Deckel aufsetzen und bei niedriger Hitze 45 Minuten garen. Abschmecken.

Die Suppe glatt pürieren und durch ein feines Küchensieb passieren. Sofort servieren.

TIPP VOM PROFI

Um die Suppe aufzuwerten, können Sie sie mit fein gehobelten Trüffelsplittern oder mit kleinen Stücken Blauschimmelkäse servieren.

GRÜNE KALTSCHALE

FÜR 4 PERSONEN | **VORBEREITUNG 20 MIN** | **GARZEIT 3 MIN**

4 große Frühlingszwiebeln | 20 grüne Salatblätter | 10 frische Minzeblätter | 250 g Sahne | 1 Prise grobes Salz | 300 g TK-Erbsen

Die Frühlingszwiebeln waschen und fein hacken. Die Salatblätter waschen und in feine Streifen schneiden. Die Minze hacken.

Die Sahne mit dem groben Salz und 1 l Wasser in einen Topf geben. Salat, Erbsen und Zwiebeln zufügen und 3 Minuten sprudelnd kochen. Alles glatt mixen.

Die Minze zugeben und erneut mixen. In eine Schüssel füllen.

Die Schüssel in eine größere Schüssel Eiswasser stellen, um sie schnell abzukühlen. Gut gekühlt servieren.

TIPP VOM PROFI

Nach demselben Verfahren können Sie mit anderen frischen Gemüsesorten wie etwa grüne Bohnen eine Gemüsekaltschale zubereiten.

WEISSE SPARGELSUPPE

mit Erbsenpüree

FÜR 4 PERSONEN | **VORBEREITUNG 30 MIN** | **GARZEIT 30 MIN**

1 kg weißer Spargel | 250 g Sahne | 300 g TK-Erbsen | 10 frische Minzeblätter | grobes Salz

Den Spargel schälen und in kurze Stücke schneiden. Die Schalen in einen großen Topf geben und knapp mit kaltem Wasser bedecken. Leicht salzen und 10 Minuten sanft köcheln.

Die Spargelstücke in einen zweiten Topf geben und mit dem abgeseihten Spargelschalensud übergießen. Die Sahne zufügen und 15 Minuten bei niedriger Hitze garen. Im Mixer pürieren und durch ein feines Küchensieb passieren. Abschmecken und im Kühlschrank ziehen lassen.

Inzwischen für das Erbsenpüree die Erbsen in kochendes Salzwasser geben und 5 Minuten bei starker Hitze garen. Die Erbsen abschrecken und abtropfen lassen. Mit den Minzeblättern fein pürieren.

Große Martinigläser mit dem Erbsenpüree (darf nicht flüssig sein) füllen und die Spargelsuppe vorsichtig daraufgießen. Gut gekühlt servieren.

TIPP VOM PROFI

Sie können diese Suppe auch als Aperitif in kleinen Gläsern servieren.

ZUCCHINISÜPPCHEN
mit Frischkäse

FÜR 4 PERSONEN | **VORBEREITUNG 15 MIN** | **GARZEIT 15 MIN**

4 Zucchini | 1 Zwiebel | 20 g Butter | 1 Hühnerbrühwürfel | 80 g Frischkäse | 1 Prise grobes Salz

Die Zucchini waschen und grob hacken. Die Zwiebel abziehen und fein hacken.

Wasser in einem Topf zum Kochen bringen.

Die Butter in einem zweiten Topf zerlassen. Die Zwiebel darin 5 Minuten andünsten, aber nicht bräunen. Die Zucchini zufügen und rühren, bis die Stücke fettglänzend sind. Zu drei Vierteln mit dem kochenden Wasser auffüllen.

Grobes Salz und Brühwürfel zufügen und 5–7 Minuten kochen.

Den Frischkäse zufügen. Alles glatt mixen. Abschmecken und mit Kräutern bestreut sofort servieren.

TIPP VOM PROFI

Wenn die Suppe richtig schön grün sein soll, schälen Sie die Zucchini und blanchieren Sie die Schalen 5 Minuten in kochendem Salzwasser. Die Schalen werden dann püriert und direkt vor dem Servieren in die Suppe gerührt.

SPANISCHE GAZPACHO

FÜR 4 PERSONEN | **VORBEREITUNG 20 MIN** | **RUHEZEIT 12 STD** | **KÜHLZEIT 6 STD**

2,2 kg vollreife Tomaten | 2 rote Paprika | 1 große Zwiebel | 1 große Gurke | 3 kleine Knoblauchzehen | 1 Scheibe Weißbrot | 100 ml Milch | 100 ml Olivenöl | 2 EL Tomatenmark | Tabasco | Sherryessig | Salz

Am Vorabend das Gemüse waschen. Die Tomaten vom Stielansatz befreien und vierteln. Die Paprika halbieren, entkernen und in Stücke schneiden. Die Zwiebel abziehen und in Stücke schneiden. Die Gurke schälen und in Stücke schneiden. Die Knoblauchzehen abziehen. Das Brot würfeln.

Alles in eine große Schüssel geben. Milch, Olivenöl und Tomatenmark zugeben, gut mischen und über Nacht ziehen lassen.

Am nächsten Tag die Gemüsemischung glatt pürieren. Durch ein Sieb passieren und ausdrücken, sodass die Suppe eine leicht sämige Konsistenz hat.

Mit Salz, Tabasco und Sherryessig abschmecken. Im Kühlschrank 6 Stunden ziehen lassen. Gut gekühlt servieren.

TIPP VOM PROFI

Damit die Mischung gut durchzieht, sollten alle Gemüsestücke ungefähr gleich groß sein. // Sie können diese Kaltschale zusammen mit einer Guacamole servieren.

BRUNNENKRESSESÜPPCHEN

mit Heringskaviar

FÜR 4 PERSONEN | **VORBEREITUNG 15 MIN** | **GARZEIT 4 MIN**

2 Bund Brunnenkresse | 1 EL grobes Salz | 200 g Sahne | 120 g Heringskaviar

Die Kresse waschen und die Blätter von den Stängeln zupfen.

Das grobe Salz mit 2 l Wasser in einem Topf zum Kochen bringen. Die Kresseblätter darin 4 Minuten blanchieren. Alles glatt mixen. Abschmecken und warm halten.

Die Sahne in einer Schüssel fast steif schlagen.

Je ein Viertel der Sahne in die Mitte von vier Suppentellern geben und je 1 Esslöffel Kaviar daraufsetzen. Die Suppe rundum angießen. Sofort servieren.

TIPP VOM PROFI

Wenn Sie das Süppchen im Voraus zubereiten wollen, geben Sie es in eine Schüssel, die Sie in eine größere Schüssel mit Eiswasser setzen; so bleibt die schöne grüne Farbe erhalten.

MELONENKALTSCHALE

mit Portweingranita

FÜR 4 PERSONEN | **VORBEREITUNG 20 MIN** | **GARZEIT 5 MIN** | **RUHEZEIT 4 STD**

2 kleine Zuckermelonen | **PORTWEINGRANITA** | 50 g Zucker | 250 ml Portwein | 100 ml Orangensaft

Am Vorabend 100 ml Wasser zum Kochen bringen. Den Zucker zufügen und rühren, bis er sich aufgelöst hat. Erkalten lassen. Portwein und Orangensaft zugießen. In eine Edelstahlform füllen und 4 Stunden tiefkühlen. Dabei alle 30 Minuten mit einer Gabel umrühren, damit die Granita schön körnig wird.

Am nächsten Tag die Melonen vierteln, entkernen und das Fruchtfleisch von den Schalen lösen. In Stücke schneiden und glatt pürieren. Mit Zucker abschmecken.

Die Melonenkaltschale in Gläser füllen und mit Portweingranita garnieren.

TIPP VOM PROFI

Sie können die Kaltschale zusätzlich mit einigen Melonenkugeln und Minzeblättchen garnieren.

SCHOKOLADENSUPPE

mit Mokkaeis

FÜR 4 PERSONEN | **VORBEREITUNG 10 MIN** | **GARZEIT 5 MIN**

250 ml Milch | 250 g Sahne | 10 g Kakaopulver | Vanillearoma | 140 g Bitterschokolade (mind. 66 % Kakaoanteil) | 1 l Mokkaeis

Milch und Sahne mit Kakao und ein paar Tropfen Vanillearoma in einen Topf geben und zum Kochen bringen.

Inzwischen die Schokolade grob hacken. In die Sahnemischung geben und rühren, bis sie geschmolzen ist.

In Schalen füllen und mit je einer Mokkaeiskugel garniert sofort servieren.

TIPP VOM PROFI

Als knuspriges Element können Sie zu diesem Dessert Butterplätzchen servieren.

ZITRUSKALTSCHALE

mit Hibiskusblüten

FÜR 4 PERSONEN | **VORBEREITUNG 20 MIN** | **GARZEIT 5 MIN** | **ZIEHZEIT 30 MIN** | **KÜHLZEIT 1 STD**

250 g Zucker | 60 g Hibiskusblüten (Reformhaus, Bioladen) | 2 rosa Grapefruits | 1 gelbe Grapefruit | 3 Orangen

Den Zucker mit 1 l Wasser in einen Topf geben und zum Kochen bringen. Den Topf vom Herd ziehen. Die Hibiskusblüten zugeben und ziehen lassen, bis die Mischung erkaltet ist. Durch ein feines Küchensieb passieren.

Die Zitrusfrüchte großzügig schälen (sodass auch die weiße Innenschale entfernt wird) und filetieren. Die Zitrusfilets dekorativ in Schalen anordnen und den Hibiskussirup darübergießen.

Vor dem Servieren 1 Stunde kalt stellen.

TIPP VOM PROFI

Sie können den Hibiskussirup mit einem Spritzer Campari verfeinern. Er sorgt für eine sehr angenehme, feine Bitternote.

ANANASSUPPE MIT KORIANDER

und Ingwer

FÜR 4 PERSONEN | **VORBEREITUNG 20 MIN**

¼ Bund frischer Koriander | 20 g Ingwerwurzel | 1 Limette | 12 abgezogene Mandeln | 100 g rote Johannisbeeren | 1 Ananas

Die Korianderblätter von den Stielen zupfen. Den Ingwer schälen. Die Limette heiß abspülen und die Schale fein abreiben.

Die Mandeln hacken. Die Johannisbeeren von den Rispen zupfen.

Die Ananas vierteln, schälen und den harten Strunk in der Mitte entfernen. Das Fruchtfleisch grob hacken und glatt pürieren. Den Ingwer zufügen und erneut mixen.

Die Ananassuppe in Schalen füllen. Mit Korianderblättern, Limettenschale, Johannisbeeren und gehackten Mandeln garnieren.

Sofort servieren.

TIPP VOM PROFI

Für diese Suppe empfiehlt sich eine Flugananas: Sie ist sehr süß und vollaromatisch.

ERDBEERSUPPE

mit Basilikum

FÜR 4 PERSONEN | **VORBEREITUNG 20 MIN** | **GARZEIT 1 STD 30**

12 Basilikumblätter | 2,5 kg Erdbeeren | 200 g Zucker

Das Basilikum fein hacken. Die Erdbeeren entstielen.

500 g Erdbeeren in kleine Würfel schneiden und beiseitelegen.

Die restlichen Erdbeeren mit dem Zucker in einer hitzebeständigen Schüssel vermengen. Mit Frischhaltefolie abdecken und über einem Wasserbad 90 Minuten sanft garen.

Die Erdbeermasse durch ein feines Küchensieb streichen und erkalten lassen.

Die Erdbeersuppe in eine Suppenschüssel füllen. Gewürfelte Erdbeeren und Basilikum zufügen. Sofort servieren.

TIPP VOM PROFI

Besonders erfrischend ist diese Erdbeersuppe mit einer Kugel Zitronensorbet.

PFIRSICHKALTSCHALE

mit Zitronenverbene

FÜR 4 PERSONEN | **VORBEREITUNG 30 MIN** | **ZIEHZEIT CA. 15 MIN** | **KÜHLZEIT 1 STD**

6 weiße Pfirsiche | 20 g Ingwerwurzel | 200 g Zucker | 1 Bund frische Zitronenverbene | 60 g rote Johannisbeeren

Wasser in einem Topf zum Kochen bringen. Die Pfirsiche darin 1 Minute blanchieren. Sobald die Haut reißt, die Pfirsiche zum Abschrecken in Eiswasser tauchen. Nun lässt sich die Haut sehr leicht ablösen.

Jeden Pfirsich in etwa 12 Spalten schneiden.

Den Ingwer schälen und reiben.

Den Zucker mit 1 l Wasser in einen Topf geben und zum Kochen bringen. Verbene und Ingwer zufügen. Dann den Topf vom Herd nehmen und die Flüssigkeit ziehen lassen, bis die Mischung kalt ist.

Die Mischung durch ein feines Küchensieb in eine Schüssel passieren. Johannisbeeren und Pfirsichspalten zufügen und 1 Stunde kalt stellen.

Mit Verbenenblättern garnieren und gut gekühlt servieren.

TIPP VOM PROFI

Wenn Sie Zeit gewinnen und die Pfirsiche nicht blanchieren wollen, können Sie sie mit einem Sparschäler oder einem Gemüsemesser schälen.

APFEL-HIMBEER-KALTSCHALE

mit Kräutern

FÜR 4 PERSONEN | **VORBEREITUNG 20 MIN** | **GARZEIT 5 MIN**

2 große grüne Äpfel (Granny Smith) | 200 g frische Himbeeren | 12 frische Minzeblätter | 2 Stängel frischer Koriander | 4 Basilikumblätter | 1 Limette | **SIRUP** | 150 g grober Zucker | 2 EL Koriandersamen | ½ kleiner Sternanis

Für den Sirup groben Zucker, Koriander und Sternanis mit 500 ml Wasser in einen Topf geben und zum Kochen bringen. Erkalten und dann im Kühlschrank ziehen lassen.

Inzwischen die Äpfel waschen, entkernen und in große Würfel schneiden. Große Himbeeren halbieren. Die Kräuter waschen und klein schneiden. Alles in eine Schüssel geben und den Sirup durch ein feines Küchensieb darüberpassieren. Kalt stellen.

Die Suppe auf vier Suppenteller aufteilen. Mit Limettenschale garnieren und gut gekühlt servieren.

TIPP VOM PROFI

Damit diese Kaltschale noch erfrischender wird, können Sie sie zusammen mit einer Kugel Limetten- oder Zitronensorbet servieren.

REGISTER